달을 물어 나르는 새

천년의시 0165

달을 물어 나르는 새

1판 1쇄 펴낸날 2024년 10월 18일
지은이 문재규
펴낸이 이재무
기획위원 김춘식, 유성호, 이형권, 임지연, 차성환, 홍용희
책임편집 박예솔
편집디자인 민성돈, 김지웅, 정영아
펴낸곳 (주)천년의시작
등록번호 제301-2012-033호
등록일자 2006년 1월 10일
주소 (03132) 서울시 종로구 삼일대로32길 36 운현신화타워 502호
전화 02-723-8668
팩스 02-723-8630
블로그 blog.naver.com/poemsijak
이메일 poemsijak@hanmail.net

문재규ⓒ, 2024, printed in Seoul, Korea

ISBN 978-89-6021-784-3
      978-89-6021-105-6 04810(세트)

값 11,000원

달을 물어 나르는 새

문 재 규 시 집

천년의시작

바람 불어
꽃잎 열렸었다

바람 지고
꽃 지고
강의 물길도 바뀌고

도망 왔는데
매일
내 앞에 서 있었다

함께
무인도 몇 바퀴 돌고
꽃샘바람에
돌아왔다

잠을 흔들었다

환하다
아침이었다

차 례

시인의 말

제1부

제2부

제1부

나에게로 가는 길은

참
먼
길이었다

그림자가 보면
그의 주인은
그와 일면식도 없는 자였다

그 길
긴 듯하나 짧다

그는 다른 그의 가녀린 손을 잡고
태연히 가고 있다

그가 고개를 돌려 그를 보는 순간
해는 서산을 기웃거리고 있었다

그가 곧 그였을 때
그는 바빴다

달을 물어 나르는 새

동짓달 열이틀이다

글쎄 너 지금 뭐 하고 있는 거야?
잘 살고는 있는 거야?

혼자 뒷산을 오르며 내가 나에게 묻고 있었다
그때 무슨 신호음 같은 소리를 내며
새 한 마리가 머리 위를 날아갔다

멈칫멈칫 그 광경을 보다가
앞에 있던 나무를 두 손으로 잡고
나는 길게 한숨을 내쉬면서 다시 그를 올려다보았다

천 년 묵은 고목 하나가
머리가 홀라당 빠져 반들거린 채
검은 새의 부리 모양을 하고 낮달을 물고 있었다

봐라, 저 새 지금
낮달을 물어 나르고 있나 봐

>
아아, 달을 물어 와 어쩌자는 것일까
나는 투덜거리듯 나무둥치를 두세 번 발부리로 찼다
새의 입에 물린 달이 말했다
들어 봐! 저 새가 물어 나르는 시간 속에
긴 숨소리 같은 것이 들리지 않니

나는 그저 달을 우두커니 보고 있었다
그가 조금씩 내 안으로 들어오고 있었다
그리고 한순간
그와 나는 하나가 되었다

내 안이 말했다
누구라 할 것 없이
산 것들은 몸이 삐끗거리도록 달을 물어 나르더라
무슨 일로 이 고목은 죽어서도 이러고 있느냐고

소리가 귓속에 똬리를 틀었다
귓속이 간지러웠다

바람은

먼 산과
먼바다와
먼 강을 건너 왔다

구체 속에 무형의 곡선이 혼재하다
무엇이 보냈을까
저편 어머니가 희미하게 보인다

한 생각 사이로 한 생각이 들 때
한 우주였고
한 점이었다

점점의 순간들을 늘어놓고 갔다
나는 어떤 바람이 그린 그림일까

잔상이 길다
바스락거리는 마음이 허공을 둥둥거린다
흐트러진 바닥을 걸어 나온 것들이 꼼지락거린다

알 수 없는 깊이로 붉다

안으로 번개 같은 물음이 고인다
표정을 뺀 표정이 지게걸음으로 간다

먼 것이 가까워진다
가까운 것이 멀어진다
층과 층, 벽과 벽 사이가 아득하다

적막이 적막 속으로 스며들 때
없음이 있음을 끌고 나온다

있는데 없다

바람은
쥐어지지 않는다

너를 언제 볼 수 있을까

터질 듯한 풍선들이
아득한 곳으로 올라간다

속에 있던 것들이 쭈그러들 때 그들은
빗방울로 떨어져 내린다

한적한 호수가 짓이겨진다

비바람 사이로
친구의 부음이 날아든다

홀로 놓인 풍경화 뒤엔
남는 기류인지
떠나가는 기류인지
숨어 있던 것들의 잔물결이 나타난다

물안개가 피어오른다

988번지 139호 쪽방에 사는 어제가
내 앞에서 나를 바라보며

또 다른 나에게 말을 걸어온다
이럴 때에도 나는 그 앞에다
아직도
쥐고 있던 주먹을 펼쳐 보이지 않는다

표정이 웃고 있다

부질없음의 네 이파리들이
띄엄띄엄 한 잎씩
바람결에 날려 온다

먼 곳의 소리가
귀를 잡아당기며 지나간다

한 점으로 섞이는 바람일까
허공으로 새 한 마리 날아간다

내가 그린 그림

가난마저도 빌어먹고 살아가는 집에서 태어난 아이

내 아비는 내가 태어난 지 사흘 만에 세상과 나를 버리고 말 없이 가셨다 한다

나는 나와 나의 주변만을 그리며 살아가게 되었고

내 이젤은 건재상 귀퉁이에서 뒹굴고 있던 얇은 합판 쪼가 리로 만들어졌다

이젤의 경사도 또한 가팔랐으며 각도 조절이 되지 않는 못 질 된 고정식이었다

그곳에서 탄생된 그림의 소재는 모두 절 대로 전 가난한 풍 경뿐이었다

나는 외동이었으며 테오 같은 동생을 둔 빈센트 반 고흐가 늘 부러웠다

외상으로 물감을 공급해 준 줄리앙 프랑수아 탕기 같은 물감 장수도 주변에 없었으며

그래서 내 그림을 외상 물감 값으로 가져가 주는 이도 없었다

값비싼 유화 물감의 높이는

내 가난이 고개를 뒤로 젖혀야만 겨우 쳐다볼 수 있는 손 닿 지 않는 지점에 있었다

물감이 마르기 전 파내듯이 다른 색 물감을 덧칠하는 화법

으로 유명한 빈센트 반 고흐는 애당초 될 수가 없었던 것이다

아직 한 점의 그림도 팔지 못한 무명의 수채화 그림쟁이일 뿐이었으나

매일매일 한 점의 그림만은 꼭 남기고서야 잠자리에 들었다

오늘은 놀이공원 속의 나를 그렸다

놀이기구를 하나도 탈 수 없었던 아이는 그림 속에 쭈그려 앉은 채 다리를 주무르고 있다

놀이기구 위에 탄 아이들은 눈을 질끈 감고 입을 벌리며 괴성을 지르고 있는 표정들이다

나는 새 지폐처럼 눈을 얇게 뜨고 그들을 물끄러미 쳐다보고 있다

눈빛은 허공에다가 무엇인가를 쏘아 올리고 있는 듯 그려졌다

차례를 기다리며 길게 줄을 서 있는 아이들 표정 옆으로 엄마가 내게 빈손을 내밀고 있다

가을 하늘은 높푸르렀으나 내 마음에 낀 먹구름은 어둡고 거친 붓질을 하게 하였다

제목을 무엇으로 할까 고민하다가 '허공에 높이 쏘아 올린 편지'라 명명했다

>

　나의 감사는 타인의 시선에서 마냥 자유로울 수 있었던 무명의 그림쟁이다

　낡은 창고에 수북이 쌓인 삼만여 점이나 되는 수채화 중

　대표작이라 말하고 싶은 몇 점을 꺼내 와 먼지를 털어 낸 뒤 방바닥에 펼쳐 놓아 보았다

　〈허공에 높이 쏘아 올린 편지〉

　〈고개를 숙이고 다니는 소년〉

　〈스릴을 훔치며 사는 청년〉

　〈철조망 안에 갇힌 젊음〉

　〈따가운 여름 햇살이 그려 놓은 짙은 그림자〉

　〈벗어던질 수 없는 옷, 남루〉

　〈가난의 끈에 꿰어 있는 노인〉

　〈혼밥〉

시간의 궤적은 포물선을 그린다

산정만 보고 갈 땐
시간 곡선도 우측으로만 올라갔다
그땐 농구 선수 지망생처럼 키를 키우는 일과
뛰어 올라가는 길, 그뿐이었다

끝 모르는 사이

정점

모르고 모른 채 가다 가다가
순간
지금, 그리고
끝 간 데 없는 오늘
땅끝마을 썰물 끝에서 그가 놀고 있다

초들물이 민다
밀리고 있는 발을 한 발 한 발 위로 옮겨 놓는다
위라야 고작 송호리* 땅끝탑 앞이다

위로 위로 위로 위로 위이로

아래롯!
하강 자이로드롭^{**}의 괴성 같은 포물선 우측은
순간의 일, 우리들의 일, 그의 일

탑 옆 숲길 안쪽
키 큰 루드베키아꽃^{***} 한 무더기가 누워 있다
빗물 무게에 젖어 발목이 다 꺾였다
낮게 깔린 풀들에게 목을 기대고 세워 보려 하지만 바로
설 수가 없다
돌아오리라 놓고 간 시간의 말이 휘발된 곳
남겨진 꽃말이
하늘을 본다

목주름 깊어지자 아파트 경비원이 된 사람

비번인 오늘
땅끝 바다에게 시간 한 올 뽑아내 올려놓고서
그도
하늘을 본다

>
위와 아래, 동일선에서
끝점 앞으로 지나갈 부질없음이 보였다

그도

나도

지금

자이로드롭!에서 내려 그곳으로 가고 있는 중이다

---

* 송호리: 전라남도 해남군 송지면 송호리 한반도의 최남단 마을. 땅끝,
토말土末, 갈두마을이라고도 한다. 북위 34도 17' 38"에 위치한다.

** 자이로드롭Gyro Drop: 서양권에서는 Drop Tower로 불리는데 말 그대
로 높은 곳에 올라간 다음 뚝 떨어지는 단순한 놀이기구임. 롯데월드
에 설치되어 있고 빙글빙글 돌면서 70미터 상공까지 쭉쭉 올라갔다가
시속 94킬로미터의 속도로 단 3초 만에 예고 없이 '뚝!' 하고 떨어지는
놀이기구.

*** 루드베키아Rudbeckia: ① 꽃말: 영원한 사랑. ② 전설: 북아메리카 인
디언 거주지를 침략하던 중 한 장교가 인디언 아가씨와 사랑에 빠졌
다. 장교는 인디언들과의 화합 방안을 제안코자 상부에 갔다가 죽임
을 당했으나 인디언 아가씨는 그가 죽은 줄도 모르고 돌아오기만을
기다리다가 마침내 죽게 되었는데 그 자리에 꽃으로 피어났다고 한다.
그 꽃이 루드베키아꽃.

자작나무 숲길

한겨울이라지만 조금 포근한 날

그동안 다리가 성치 않았던 나는 성하다고 큰소리치는 사람의 손을 잡고 처음으로 원대리* 자작나무 숲길을 간다

무슨 배려라도 받은 듯 한적한 곳, 그러나 또 발바닥이 아프다 입구에 모아 둔 나무 지팡이 하나를 짚고 천천히 천천히 걷는다

키 큰 나무, 키 작은 나무, 곧은 나무, 구부러진 나무, 표피가 흰 광채를 띤 수려한 나무, 누군가가 껍질을 벗겨 내 속살이 드러난 나무, 그 곁에 쓰러져 있는 나무, 간벌 작업으로 잘려 나간 듯한 밑동, 자른 나무들을 고르게 손질해 서 있는 나무에 기대어 켜켜이 쌓아 놓은 나뭇단, 비탈에 산책로를 내느라 뿌리가 많이 잘려 나간 나무, 개울 쪽으로 비스듬히 서 있는 나무, 개울물에 씻기어 나가 잔뿌리가 다 드러난 나무, 높은 가지 틈새에 뿌리내리고 기생하는 자작나무 겨우살이, 그 나무 밑둥치에 붙어 사는 푸른 이끼들, 개울물 위에 듬성듬성 얼어 있는 얇은 얼음장들, 졸졸졸 소리를 내며 흘러가는 개울물, 사람들의 손때 자국이 잔뜩 묻은 비탈길 옆 이름 모를 나무, 그 비탈에 돋아 오른 서릿발 무리, 떨어진 나뭇잎 위에 웅크리고 있는 덜 녹은 눈들, 웅웅거리며 불어오는 찬바람, 잠깐 앉았다 푸르릉 날아가 버리는 몸집 작은 새들, 그

위를 빙빙 돌고 있는 황조롱이 한 마리.

　나무와 나무 사이 가지와 가지 사이 그 보이지 않는 무엇들.
땅속으로 촘촘히 뻗어 내려 얽히고설켜 있을 땅속의 것들,

　매끄럽게 쭉쭉 뻗은 자작나무 군락 안에 키 작은 내가 서 있다

　빼곡히 들어차 이리저리 뻗친 잔가지 사이로
　하늘이 보인다

　구름 한 점 없이 높푸른 하늘
　다리가 부러질 듯 아프다

　고개를 직각으로 젖혀 로 앵글**로 포커스를 맞추니
　안쪽으로 기운 자작나무 가지들이
　민낯의 어제를 자작자작 감싸 주고 있다

* 원대리: 인제군 인제읍 자작나무 숲길 760.

** 로 앵글Low angle: 카메라를 밑에서 위로 향하게 하여 올려다보면서 찍
　　는 것.

순간들은 다 어디로 가는 것일까

겨울 햇살이 따사로운 날이었어요
뜨거운 찻물을 찻잔이 넘실거리도록 부었어요
곡선들이 노래처럼 피어오르다 사라지곤 해요

시골의 한적함 가운데로 생각을 던졌어요
새 한 마리 날아와 난간에 앉았어요
고리를 꺼내 들추려는 찰나 그냥 휭 날아가 버렸어요

지붕 위에 쌓인 눈들이 햇살에 녹아내리고 있었어요
처마 끝에 영롱한 방울로 머뭇거리다가 떨어져 내렸어요
땅속으로 스며들어 갔어요

순간들은 다 어디로 가는 것일까

다발로 묶여 있던 푸르른 시간들이 풀어져 놓였네요
아픈 머릿속을 뚫고 돋아 오르고 있었어요
노을 속에 비친 싹은 시간의 색이다가 어스름의 색이다가
산 너머로 갔어요

밤은 동굴 속이었어요

어질러진 마음을 꺼내 놓으니 밤이 어둠의 부리로 물어다가 벽에 모두 걸었어요

벽에 걸린 마음들이 꿈틀거리며 놀고 있어요

바라보고 바라보고 바라보노라니 어둠과 밝음이 하나가 되었어요

꽃비가 내렸어요

풍선처럼 둥둥 떠다니던 것이 사라졌어요

중심이

웃고 있어요

없음은 있고 있음은 없을 것이었다

말라깽이 그 노인은 화려한 짐 다 버리고 산중으로 들어왔다
빈손 곁에서 바람에 떠밀리며 풍경이 춤을 춘다
풍경 소리가 맑다
지붕의 눈이 녹아 홈통을 두드리며 봄을 연주하고 있다
두 마리 새가 번갈아 재잘거린다
욕심 없는 노래는 잡소리가 없다
맑아진 귀에는 맑음이 들어온다
시월이라는 강아지 이름 같은
추녀 끝 풍경 소리

풍경은 어디에 중심을 두었는가
마당 귀퉁이에서 축구공 하나가
바람에 몸을 흔들고 있다

공 속에 공이 있다가
공 속에 공이 없다가 한다

공을 굴리며 공과 노는 강아지
그의 집에 공이 들어가니
집이 꽉 찬다

>

공과 함께 집으로 들어가는 개의 발꿈치가 가볍다
집에서 나오는 개의 발부리가 보이지 않았다

아침잠에서 도망 나온 것들에게 노인이 빈손을 펼쳐 보인다
그 위로 새소리 물소리 바람 소리 풍경 소리가 지나간다

개똥 밟은 날은 그렇게 미끄러져 갔다

삼십 년 만에 첫사랑을 만나러 나서는 아침이었다 대문을 막 열고 나가다 개똥을 밟았다

수원—광주, 08:30, 새마을호, 1403열차(일반실), 3호차 39호석

차를 기다리는 동안 티켓에 찍힌 이런 글자들이 천국에라도 가는 것처럼 꿈틀대고 있었다 두어 번의 경적과 차체가 밀고 오는 바람이 한 발 뒤로 물러나게 모두를 밀쳤다 차에 올라 내 자리를 찾아가니 옆자리 40호 좌석엔 마흔 살쯤 되어 보이는 아주머니가 앉아 창밖을 바라보며 눈물을 훔쳐내고 있었다

나는 가방에 넣어 온 책 『소년이 온다』를 꺼내 펼쳤다

어이, 돌아오소.

어어이, 내가 이름을 부르니 돌아오소.

더 늦으면 안 되오. 지금 돌아오소.

가 내 눈을 지나가고 있을 때였다 기차는 덜커덕거리는 소리를 내며 강을 건너가고 있었고 그녀는 훌쩍거리며 계속 눈물을 닦아 내고 있었다 내 조카아이처럼 아이가 잘못됐을까 다섯 살 조카아이는 동생이 이혼하고 맡길 곳이 없어 시골 친정집에 맡겨졌었다 아이는 다리 난간을 잡고 친구들과 놀다 떨어져 멀리 가 버렸다 소식을 듣고 내려가던 동생이 이랬을까 그의 눈물은 계속 진행형이었다

차가 천안역에 도착하자 사람들이 내리고 사람들이 탔다 그

녀는 어깨까지 들썩거리기 시작했다 끼어들 수 없는 난처함이 내 눈을 억지로 감기고 있었다 감긴 눈 속으로 수많은 빛들이 달려들었다 어머니는 운명 직전 나를 찾고 계셨다 한다 그런 어머니에게 달려가던 시간은 어머니와 나와의 긴 인연의 공간을 펼쳐 놓고 있었다 갖지 못한 빛들이 앞을 흐렸었고 조금만 기다려 달라는 애원이 채찍을 휘둘렀었다 끝내 어머니는 내 손을 잡아 보지 못하고 그렇게 가셨었다 그녀의 흐느낌 안에 이런 무엇들이 들어 있는 것일까 아니라면 내 처남의 사고사처럼 지방에 근무하던 남편의 사고사가 울음 속으로 유영하고 있는 것일지도 몰라

잠시 후 익산역에 도착한다는 방송이 흘러나오고 있었다 그녀의 흐느낌은 계속되고 있었다 나는 눈을 감고 그들의 길을 가고 있었고 그녀 또한 흐느끼며 가고 있었다

긴 시간 소설 한 권 분량의 생각을 쓰고 나는 광주역에서 내렸으나 그녀는 내리지 않았다 그녀의 눈물이 재수 없는 옴처럼 엉겨 붙어 종일 따라다녔다

그날 나는 바람맞았다

개똥 밟은 날이 보이지 않는 글자로 그렇게 미끄러지고 있던 날 나는 다만 나였고 그는 다만 그였을 뿐이었다

어설픈 기준이 영원한 진리가 되는 날

IMF가 구조 조정이란 토네이도를 끌고 와 회사원이었던 내 목을 치고 평온을 휩쓸어 갔다 답답함이 실직자들을 위한 S시청 공공 근로 사업에 참여하게 했다 이 주 동안의 이수 교육 후 일당 사만 원인 '숲가꾸기사업장'으로 갔다 첫날은 조림지 나무 둘레 베기였는데 자영업자 출신 김 씨와 이 씨가 벌들의 공격을 받아 병원으로 실려갔다 덕분에 남은 사람들은 철수하여 다섯 시간 일하고 일당 사만 원을 다 받게 되는 행운으로 막걸리를 실컷 마셨다 다음 날은 나무 가지치기 작업이었는데 가지치기 작업은 우주의 숲 가꾸기 교과서에는 나와 있지 않을 것 같았다 그 후 무거움이 며칠을 쉬게 만들었다 그러나 날아드는 각종 고지서와 옆지기의 차가운 눈빛과 아이들 웃음소리가 내 등을 떠밀었다 한숨이 두 종아리 아래에 무겁게 달라붙었다 오늘은 간벌 작업장이다 직장에서 간벌당한 내가 간벌을 구조 조정하는 집행관이 되었다 요란한 기계톱 소리가 베어 내는 오만함과 잘려 나가는 아우성을 서로 섞어 삼키고 있었다 이것은 서 있어야 할 나무가 베어져야 할 나무를 쓰러뜨리고 있는 것이었다

가늘고 못생긴 나무들이 쓰러지고 굵고 잘생긴 나무들이 남았다 함께 기대며 자라 왔던 푸르른 추억들은 이제 거치적거리는 형상이 되었을 뿐이었다 어린 시절 우리들의 땅따

먹기 놀이처럼 땅따먹기 하고 있는 것이다

우리 집 아래쪽 경사지에 네 그루의 나무가 곧게 자라지 못하고 기울어져 크고 있다 내가 며칠 동안 터득한 기준에 따라 기울어진 그들은 영원한 진리를 행세하는 내 칼에 내일 잘려 나갈 것이다

폴라딩*

필요 없는 가지들을 자른다
나의 기준이 절단해 버리는 그는
저항 한 번 하지 못한 채 잘려 나갔다

어제는 그를 그냥 두기로 했다가
오늘은 그를 잘라 버리기로 했다가
요 며칠 시퍼런 칼이 왔다 갔다 했다

전정이 시작되었다
나무의 표정이 둘로 나뉜다

산소가 잘려 나가고 이산화탄소가 잘려 나가고
눈비가 잘려 나가고 바람이 잘려 나가고
볕이 잘려 나가고 빛이 잘려 나가고
수분이 잘려 나가고 그림자가 잘려 나간다

그가 잘려 나가고
내가 잘려 나간다

보이지 않은 것이 잘려 나간다

잘못 걸린 가지가 얼떨결에

잘려 나간다 떨어져 내린다
널브러진다 오그라든다

잘린 자리에 진물이 길게 흐른다
며칠 그렇게 진물 흘리더니 그 속에서
서서히 크론병**이 생겼다

뜨락에
초겨울 찬비가 내리고 있다

---

* 폴라딩Pollarding: 큰 나무를 작게 유지하기 위하여 동일한 자리의 가
   지를 1~3년 간격으로 반복하여 잘라 사슴의 뿔을 자른 것 같은 모양
   으로 전정剪定하는 일.

** 크론병(Crohn's disease): 소화관의 어느 부위에서나 발생하는 만성 염
   증성 장 질환. 원인은 아직 정확하지 않지만 환경적 요인, 유전적 요
   인과 함께 소화관 내에 정상적으로 존재하는 세균에 대한 우리 몸의
   과도한 면역반응 때문에 장벽의 정상 세포에 다발성으로 깊은 염증이
   생기게 하는 병. 완치가 어렵다.

사과

사과 속에
사과 밖에
사과에서는 볼 수 없는 빛의 파장이 교신되고 있다
수도 없는 사과들이
순간순간 다른 사과를 만든다
천천히
숨 가쁘게
밝게
어둡게
사과를 빻아서 사과를 빚는다
모든 감각, 사과 그림자가 길게 늘어난다
풋사과의 피부는 연록의 날것이다
치켜세운 더듬이에 추억이 걸려든다

어제의 사과와 내일의 사과가 우연히 만났다
낯을 가리고 어제가 우쭐거린다

그때 사과는 사과인가 아닌가
새가 쪼아 먹고 간 사과
씨는 어디에 있는가

>
사과는 공空인가
공空은 사과인가 시時인가
사과와 시공時空이 어우러진다

한 세계는 열리고
한 세계는 닫힌다

순간들의 뜀박질

여름 가뭄으로 강이 말랐다
때아닌 늦가을 홍수가 말랐던 강을 휩쓸고 간다
강줄기는 다시 다른 물길을 만든다

호수는 새 물길을 따라 흘러든 새 강물을 맞이하고 있다
여름 철새들이 떠난 자리에 겨울 철새들이 날아들기 시
작했다
내 탯줄을 묻은 집터는 인공 호수에게 잡아먹혔고
지금은 깊은 바닥에서 없는 듯 있을 것이었다

수면은 얼어붙었고 그 위에 눈이 내린다

순간이 순간을 놓고
놓인 순간이 순간을 밀고
밀린 순간이 또 다른 순간을 만들며 간다
각기 다른 것들이 바쁜 걸음으로 간다

여기 있는 나는 거기 있는 나를 모르고
저기 있는 너는 여기 있는 너를 모른다
나는 남평 문가 삼우당공파 21대손이고

너는 진주 강씨 진원공파 23대손이고
그런데 오늘 우리는 여기 같이 있다

내가 긴 터널을 막 빠져나오자
터널 밖에서 한 발의 총소리 같은 소리가 들렸다
모두 정신없이 뛰기 시작했다
애타게 기다리고 있을 무엇인가를 생각하며 죽어라 쫓기고
애타게 기다리고 있을 무엇인가를 위해 죽어라 쫓는다
고리 지어져 길게 늘어진 경계선의 매듭 매듭을
빠른 속도로 삼키면서 간다
그들은 모두
동쪽을 바라보고 동으로 동으로 간다

몇 개의 산을 넘었을 때
여기가거기고거기가저기고저기가바로여기, 라는 글자가
빠른 속도로 지나갔다

등 뒤로 노을이 물들고 있다

순간, 지금, 나

바보들은 다

이름이 많다
원형 무대의 공간에서 울다가 웃다가
순간순간 일인 다역을 한다

앞이 흐려진다
나만이 볼 수 있는 형상 없는 말이 내려온다
보이지 않는 줄을 잡으라며 얼굴을 내민다
도망쳐 보지만 잡히고 만다
초전도체로 바뀌는가 싶더니 초전류 같은 저릿함이 온몸
을 통과해 지나간다
삶은 그래서 아픈 것일까
접선 중이다
환각에 이른다
또 다른 배역에 열정을 쏟아 낸다
호랑이였다가 사자였다가 나비였다가 새였다가 개였다가
돼지였다가 가젤이었다가 미어캣이었다가 토끼였다가 코끼
리였다가 여우였다가 재규어였다가 늑대였다가 고양이였다
가 쥐였다가 기린이었다가 돌아왔다
관객들의 숨소리가 조용하다
접신되지도 못한 게 접신된 듯 요란스럽다

얼마나 지났을까

식은땀을 흘리며 지친 긴 잠에서 깨어난 것 같다

개접신이다

무명 배우다

천덕꾸러기다

바닥에 끌린 행위의 너스래미가 너덜거리고 있다

숨소리 멈춰진 집요한 눈들이 혀를 끌끌끌 차며 다 빠져
나간다

허허한 적막이 홀로다

병실에 누워 있다

요란스러운 바퀴 소리를 내며

홀로 왔던 홀로가

구름 속으로

소리 없이 가고 있었다

오고 가고

사람들 오고 간다
한 사람 오고 한 사람 가고
또 한 사람 오고 또 한 사람 간다
다른 한 사람 오고 다른 한 사람 가고
또 다른 한 사람 오고 또 다른 한 사람 가고

한적한 하늘에서
햇살 한 줌 오고 햇살 한 줌 가고
바람 한 줄기 오고 바람 한 줄기 가고
한 구름 오고 한 구름 가고
달빛 하나 오고 달빛 하나 가고
별 하나 오고 별 하나 가고

쉼 없는 물결이 춤추다 가고
쉼 없는 파도가 왔다가 가고
새 한 마리 날아왔다 날아서 가고

담장 위 길고양이 살금 왔다 살금 가고
거짓말처럼 꽃 피고 꽃 지고
한 계절이 오고 한 계절이 가고

\>

미국 이민살이를 힘들게 정리하고 한 친구가 돌아왔다
그리고 일 년쯤 지났을까 오늘은 고국에서 잘 살아 보겠다던
그 친구의 장례식장에 간다

밤,
검은 하늘에서 검은 비가 내린다

호수에 떨어져 내리는 빗방울

찌들 대로 찌들었다
구를 대로 굴렀다
죽어 제 몸뚱이 하나 눕힐 집 한 채 갖지 못한 것들이

구천을 떠돌다
끝내 떨어져 내린 곳이 호수다

떼거리로 다 떨어지고야 말겠다는 것일까
비 내리는 호수가 요란하다

한 생 눈곱만 한 물방울 집 한 채 마련한 것들이
하나둘 물안개 되어
비 갠 수면 위로 날아간다

그들의 날갯짓은 무중력이다
우화등선이다

제2부

무엇입니까

시월 어느 날
그는
편백나무 숲길을 걸어 산 너머로 갔습니다

그것은 무엇입니까

한 사람은 돌아와 있고
빈자리에
편백 향기 어질러져 있습니다

이것은 또 무엇입니까

답이 없는 물음 뒤

가을 잔바람 불고
편백나무 마른 껍질이

소리 없이
떨어져 내립니다

그것은 무엇입니까

아픔이 아프다고 말 못 할 때

말 없는 말이 눈물의 등을 떠민다

얼굴 없는 글자들이 재잘거린다

바람이 나뭇잎의 말을 만든다

산벚꽃들이 군락으로 흐드러진, 슬픔을 지나왔다

뒤쪽, 남겨 놓은 공간이 너무 멀다

사람과 사람의 긴 행렬이 개개로 아프다

틈과 틈 사이로 걸어 나온 미소에게 찢긴다

갈라진 속울음이 찢기어 날린다

꼬깃꼬깃 접힌 우울이 깊다

무엇일까

\>

미운 것엔 바람이 없다

사라진 바람이 별 하나를 묻는다

그를 품고 오는 길 내내
비가 내린다

허물어진 풍경

등대가 심한 부정맥을 앓고 있었다

항구로 향하던 선장은 의사가 아니어서 어떤 도움도 줄 수
없었다

젖은 짚단 같은 몸이 등에 업힌다

타들어 가는 생의 심지가 분광된 별빛처럼 퍼진다

환자의 안색이 누리하다

짙은 안개 속의 어떤 손짓이 있는지 환자는 자꾸 그쪽을 본다

우리는 어떤 말도 할 수 없었다

서성거리는 가족들이 길게 목을 빼고 있다

얼어붙은 도로 위에 백팔배라도 하고픈 표정이다
다시는 갚을 길 없는 빚의 무게가 무겁게 짓누른다

>

입안에 울음이 고인다

허물어진 빛이 속 깊은 곳에 갇혀 있다

아픔을 아프다고 말 못 할 때
안개 뒤에서 가물거리는 잔상들

어느 별로 날아가는 이 미친 그리움

죽을 둥 살 둥이 잠기다

1

'가물다 가물다 이렇게 가문 해는 내 생전 처음이랑께, 저
수지들이 웬통 다 말라붙어 부렀은께 말 다해 부렀제 할 말 있
겄는가, 아 그란디 곡석 다 말라삐틀어져 털 것 하나도 없게
생겼을 때사 내일부터 큰비가 온다고 안 그런가'
  동네 마을 회관에서 나온 한숨 소리

물 찬 저수지 바닥에는
긴 기다림이 살고 있었는데

가뭄이 먼지를 일으키며 바닥을 풀썩인다
말라 가던 저수지 바닥이 얼굴을 내밀었다

베이비 붐 세대들의 초등학교 교실처럼
마른 저수지 바닥을 빈틈없이 채우며 이름을 알 수 없는 싹
들이 다투어 올라오고 있었다
얼마나 긴 기다림들이었을까
햇살에 드러난 바닥의 삶들이 암세포처럼
죽을 둥 살 둥 제 키 키우기에 열을 올렸다
그들의 조바심이 빽빽하다

뿌리 쪽이 쩍쩍 소리를 내며 끈끈했던 바닥을 붙들고 벌어지고 있다

2호선 신도림역의 출근 시간, 콩나물시루 객차 안에서
키가 작은 나는 숨을 쉬기도 힘들었었다
한쪽 발은 저쪽에 떠 있고 외다리로 선 몸의 상반신은 뒤로 기울고 있었다
신도림역 그 객차가 저기 있다

2
큰비가 내리기 시작했다
저수지 안으로 흙탕물이 밀려들기 시작했다
천천히 수위가 올라가며 만수위를 향해 가고 있었다
나는 물살에 흔들리며
그들은 지금 어떤 몸짓을 하고 있을까
궁금했다

물이 점점 차오르던 세월호*가 여기 있었다
풀들의 마지막 긴박한 목소리와 몸부림이 물속으로 서서히 사라져 갔다

55

* 세월호: 2013년 3월 15일부터 인천과 제주를 잇는 항로에 투입돼 주
4회 왕복 운항하다가 2014년 4월 16일 단체 수학여행을 떠나는 경기도
안산시 단원고등학교의 교사와 학생 339명을 포함한 승객 476명을 태
우고 전라남도 진도군 해상에서 침몰하였다. 사망자는 299명이며 실
종자는 5명, 생존자는 172명이다. 2017년 3월 22일 인양을 시작해 현
재 목포신항만에 거치한 상태이다.

어떤 분양 일기

1

그때 나는 다섯 살, 아직 젖을 떼지 못한 나의 별명은 강아지였지 엄마는 며칠 전부터 왜 그렇게 이상해졌을까? 젖만 빨려고 하면 모질게 밀어내고 도망쳤지 나는 엄마 젖꼭지라도 삼키고 싶도록 배가 고팠어 저녁이었어 누런 무명 저고리 섶 아래로 슬그머니 파고들어 잽싸게 젖꼭지를 빨았지만 아무것도 나오지 않았어 어쩔 줄 모르고 나오지 않는 젖을 빨다가 생각했어 엄마 젖통은 왜 텅 비었을까 엄마는 왜 나를 사정없이 밀려낼까 밀려난 나는 지금도 아픈데 무엇 때문에 엄마가 돌아누워 울었을까 이상한 엄마 오늘은 피가 나도록 젖을 빨고 싶어 엄마를 빨고 싶어

그리고 다음 날 나는 엄마 손을 잡고 아이들이 우글거리는 어떤 집으로 갔지 문득 엄마가 보이지 않았어 얼마나 지났을까 키가 큰 낯선 사람이 와서 나는 원장님 뒤로 숨었지 그러나 그들 품에 안겨 길고 긴 다리를 건넜지 어쩜 여기보다 좋은 곳일지도 몰라 몇 밤이 지나면 엄마가 올 거야 아니 얄미운 엄마는 보고 싶지도 않을 거야 어둠이 짙어지면 나는 끓다 끓다 타 버린 냄비가 될지도 몰라 지친 나는 내다 버린 엄마가 어쩌면 보고 싶어질지도 몰라

>

2

기억에도 없는 엄마를 찾으러 하늘길을 간다 내 눈물 한 방울도 닦아 내 줄 수 없는 엄마 실오라기 하나도 쓸어내려 줄 수 없는 엄마 미움밖에 없는 엄마 마른하늘에 날벼락이라 도 맞았음 좋을 엄마 나의 엄마 죽어도 보고 싶지 않은 엄마

아무것도 보이지 않는다 아무 소리도 들리지 않는다 더러 운 그리움의 시간이 타고 있다 나를 조금 닮은 것도 같은 여 자, 이모라는 여자와 함께 엄마라는 여자에게 갔지 납골함과 옆에 웃고 있는 희멀건 사진 한 장에게 갔지 허공으로 퍼지는 연기 같은 울부짖음만 요란해진 곳 마침표 같은 까만 점 하나 가 종종종 걸어온다

먼 곳에서 안타까운 소리가 가시에 걸려 다가오지 못한 채 울먹거리며 서 있는 것 같았다 이 소리는 무엇일까 나는 못 들은 채 돌아서 있는 엄마라는 여자의 새 주인을 터지도 록 후려 팼어

피난길 인파 속에서 주인을 놓쳐 버린 강아지가 되어 이리 저리 동동거리던 시간들

고층 건물 유리창이라도 깨 버리고 싶은 울분이 탈진된

채 돌아가고 있었지 뻐꾸기처럼 남의 베이비 박스에 넣어 두
고 돌아선 정한(情恨) 같은 양심의 마침표도 가고 있었어 신발
을 끌며

3
씁쓰레한 바람이 허공을 붙들다 돌아 나간다
팽개쳐진 입속말을 허공에다 꼬깃꼬깃 구겨 넣은 채

늑대를 부르다가

첫새벽
그것이 고개를 쳐들고 높이 운다

개가 아니라는 듯
늑대 울음소리를 내며 늑대처럼 운다

애절하게 운다
목 놓아 운다
늑대를 부르며

다른 별에서 그의 울음소리 같은 것이 들려온다

부풀어 가던 달이
희미하게 기울어져 있다

고개를 갸우뚱거린다

개

조용해진

자드락길을 따라가다 보면
숲속 외진 곳에 개 사육장이 하나 있다
굵은 쇠창살로 만든 좁은 개집 안에는
죄 없는 많은 죄수들이 갇혀 산다

이유도 모른 채 복제된 후손들
무기수인 조상의 잔여 형기까지 떠안고서
세상 밖으로 나온 자들
어느 한 별에서 튕겨져 나와 묶이고 갇힌 채 살아온 날들
절대자 앞에 하나같이 꼬리를 내리고 있다

어느 날은
덜커덕거리는 트럭 안에서
땟국물 눌어붙은 작은 양은 밥그릇을 붙안고
울렁거리는 속을 가라앉히며 실려 가는 자들도 있다
어디로 가는 것일까
슬금 눈치를 보며 꼬리를 한껏 내리고서

그것

그들은
그것들을 개라 불렀다

붙들려 온 개는 제 죄를 모른다

그에게
형벌의 시간이 지나고 저녁이 오면
그는 소리 없이 울었다

가슴을 조각조각 뜯는 울음이
적막을 부수었다
분통 터진 시간들이
조작된 시간 속을 날아다녔다

탈출을 꿈꾸며 홀로 꿈틀대 보기도 했지만
그 모두 높은 울타리 안의 작은 몸부림
그것은 한恨이 되었다

대체 한恨이란 무엇일까
그는 생각해 본다

실체가 없는 그것
보이지 않는 그림이 되었다가
볼 수 없는 그림이 되곤 했다

비가 내린다
젖은 시간들이 빗소리에 지워지며
차츰 사라져 갔다

어디 허공을 떠돌고 있을 그것들을
그 누구도 기억하지 않은 채

미세먼지가 뿌연

요즘 시상엔 뒷면 글씨가 비칠 정도로 얇으면 못써 두꺼워
야 쓴당께 요새 테레비를 좀 봐 버닝썬인가 무엇인가 하는 것
말이여 돈 바다 처먹고 봐주기 수사에 거짓 증거까지 만들어
서 디지게 마진 놈에게 죄를 뒤집어씌워 버릴라다가 다른 것
까지 다 들통나 버린 것 아니여 나 같은 농사꾼 놈이 당사자였
다믄 벌건 대낮에 눈 뜨고 그대로 당하고 말았을 것이구먼 지
네들끼리 짜고 추행하지도 않은 사람을 성추행범으로 몰아가
버릴라고 했으니께 말이여 오리발이 난무하고 야합이 판치
는 시상에서 버텨 낼라믄 든든한 뒷심이 받쳐 주고 있그나 돈
이 무자게 많이 있그나 그도 아니면 두껍기라도 해야 된당께

첨단의 뒤쪽에는
부르튼 첨단이 삐뚤게 부풀어 오르며 따라가고 있었다
사차원 옆쪽에는
부르튼 사차원 너설 길이 꾸불꾸불 뚫려 있었다
누군가가 그랬다
알지도 따라가지도 못하는 사람들은 생각을 버려야 발걸
음이 가볍다고
그 말 믿고 무심히 따라갔다가 비탈에서 사정없이 미끄
러졌다

바짓가랑이가 터졌다
벌어진 내면이 얼굴로 기어올라 벌겋게 뜨거워졌다

먼 데서 온 미세먼지로 숨을 쉴 수가 없다
앞이 뿌옇다
고성능 방독면을 쓰고
이 사차원에서는 외계인이 되어야 한다

안면이 두툼해진 저 사람들
서로 삿대질을 하고 있다

누가 더 두꺼운가

감각이 늙어 간다

황당이 나이 들면

1

내비게이션에 주소와 지번을 찍고 간다

'삼백 미터 앞에 목적지가 있습니다'라고 그녀가 말할 때 차는 터널로 들어가고 있다

터널 안 중간 지점 근처에서 그녀는 '목적지에 도착했습니다'라고 한다

목적지를 거기 두고 계속 갔다

터널을 나오자 '유턴하세요' 또 그녀가 말한다

그녀의 말대로 유턴해서 다시 터널 안으로 들어간다

그런데 다시 또 터널 안 그 자리에서 '목적지에 도착했습니다' 한다

나는 캄캄한 터널 안 그 목적지 앞에서 황당이를 보았다

2

구멍가게에서 이천삼백 원짜리 물건을 하나 들고 나와 일만 원 지폐를 주인장에게 건네고

곧바로 다시 들어가 다른 물건 삼천 원짜리 하나를 더 가지고 나온 뒤 거스름돈을 받으려는데

주인은 오천삼백 원을 달라고 했다

그는 일만 원은 받은 적이 없다고 딱 잡아떼었다

일만 원은 누가 받은 것일까

3

어스름이 채 가시기 전 새벽 시간이었다

한적한 편도 일차선 길을 달리고 있었다

횡단보도 옆에 사람으로 보이는 물체 하나가 쓰러져 있었다

그 물체를 지나 차를 세우고 112에 신고했다

상황 설명을 들은 경찰이 인적 사항을 달라 했다

그 후 나는 내 차와 함께 경찰서에 세 번이나 불려 갔다

시나브로 가해자가 되어 가고 있었다

4

오후 두 시경 검은 점퍼 차림의 청년이 내 앞을 바람처럼
지나갔다

그는 왼쪽 골목으로 사라졌다

조금 뒤 경찰 두 사람이 달려와

방금 전 이런 사람 보았느냐고 어느 방향으로 갔느냐고 물
었다

못 보았다고 나는 시치미를 뗐다

>
5
그러는 동안 '황당이'의 나이는
시간의 체적 안으로
두꺼워져 가고 있었다

잠긴 문과 열린 문

　빌딩과 저택을 몇 채씩이나 가지고 사는 사람이 있었다 집도 절도 없는 나 같은 사람들은 그를 몹시 부러워했다 서울 집에 와 있는데 잠그고 온 시골 통나무집 귀퉁이에 누가 불을 놓고 있더라고 전한다 개가 하도 짖어 옆집 아저씨가 소리를 지르며 가서 불을 끄고 보니 차도 사람도 벌써 다 사라지고 없더란다 그 후 치타에게 쫓기던 가젤 무리가 그의 가슴팍 위를 마구 뛰어가곤 했다고 말한다 지금도 그는 자신이 사람이 아닌 가젤의 후예 같다고 말한다 보이지 않는 세상 뒤에 숨어서 누군가 노려보고 있다고 그는 말한다 차를 운전하다가 골프를 치다가 걸어가다가 심지어는 술자리에서도 뒤를 자주 돌아본다고, 새로 설치한 CCTV에도 그는 잘 보이지 않는다고,

　다른 나라 이야기 같은 것을 듣고 돌아온 날

　월세 든 내 쪽방의 여름날이 문을 열어 둔 채 오수 중인 것이 보였다

빵빵해야 빵빵할까

대형마트 진열대에서 과자를 한 봉지 꺼내니
함께 뼈기고 있던 빵빵한 놈들이 우르르 바닥으로 굴러떨
어진다
양이 줄어들어 요즘 질소 과자라 불리고 있는 스낵류 과
자들은
질소의 빵빵함으로 인해 잘 보호되고 있었을까
제자리로 돌아가는 시간이 짜증을 부린다

덩치가 유난히 큰 한 사람을 만났다
명함 뒷면이 작은 글씨로 빼곡하다
아무리 자세히 보아도 금방 다 읽어 들일 수가 없었다

명절에 토종꿀 하나를 선물받았다
단지와 오동나무 포장 박스가 꿀보다 더 좋아 보였다
꿀은 별로였으나 십 년째 박스와 단지가 유리 장식장을 차
지하고 있다

모 행사장에서 안내를 보다가
참석자들을 유심히 살펴보게 되었다
그들이 입고 쓰고 메고 걸고 신고 들고 다니는 무게를 눈

저울에 올려놓아 보았다
　참 많이 무거웠다

　빵빵해야 빵빵한 세상 어귀에서
　쭈글쭈글한 얼굴이 서점에 들렀다
　어느 유명한 노시인의 시집 한 권을 펼쳐 보았다
　표지 속 날개 작가 소개란에는 단 두 줄
　시인 생활 오십육 년
　시집 여럿

질량 변화에 따른 엄마

밤안개를 가득 피워 올리는 호수는
어두움만으로 부족했던 밤을 채우고 있는 것일까

소나무 숲 위쪽을 밤새 떠돌던 안개들은
아침 햇살에게 초대받아 춤추듯 날아가고 있다
호수의 수면 가까이에 눌려 있던 것들은
서로 엉기면서 안개비로 주저앉는다
젖고 싶은 것들이 나뭇가지 위로 모여든다

자전거를 타고 가는 앞집 노인의 옷이 두껍다
속도가 가볍다
엄마는 찬바람이 파고들 것 같은 얇은 헌 옷을 걸치고 왔
다 갔다 한다
옆에서 보는 눈이 춥다

엄마의 눈꺼풀 속 파도를 문지르면 집 안으로 들어가는 벽
이 젖는다

홀로 남겨진 홀어미의 초겨울 들녘이 비어 있다
어미의 덩그런 목이 길어진다

방 공기가 차갑다

빈 들녘 빈방이 기다림처럼 길다

안개 속을 뚫고 철새 두 마리 날아왔다

얇은 지갑 속 같은 그의 세답貰畓에 앉았다

논배미 안에 떨어진 이삭을 쪼아 먹고 있다

논으로 달려 나간 맨발이 시리다

쫓김이 바쁨을 물고 왔을까

불안이 초조를 물고 왔을까

세답의 곡수를 물고 다시 겨울 안개 속으로 사라져 버린다

누구의 시간을 물고 왔다가 누구의 시간을 물고 돌아간 것

일까

이 밤

적막이 적막 안으로 덧칠되고 있다

천천히 젖어 들어가던 엄마의 침묵이

무 · 겁 · 다

공간의 춤

밤 깊은 시간
가로등이 잠든 골목길을 환하게 지니고 있다
입을 꾹 다문 집집의 대문들을 지나
취한 듯 구부러진 말을 내뱉으며 한 그림자가 가고 있다
손에 들린 막걸리 한 병이 주절거리는 가락과 함께 흔들
흔들 간다

비좁은 골목의 마지막 집
그는 반지하 단칸 월세방으로 비틀거리며 들어간다
한 발 내디딜 때마다 병 속에서 절로 섞여 풀어진 응어리
를 잔에 따른다
탁도가 일정한 것은 흔들림 때문일까?
몇 잔을 비우자 뒤집어 놓은 주머니처럼 술병이 바닥났다
답답한 하루를 바닥에 길게 눕힌다
막걸리가 준 자유 밖으로 칼바람이 부는데
집 근처 사찰에서 아득히 풍경 소리 들린다

요란한 전화벨 소리가 아침을 깨운다
—위장병은 좀 어떠냐 아침은 잘 챙겨 묵고 댕기제
—네, 제 걱정은 마시고 엄마 관절 치료나 잘 하세요

—색시는 잘 찾아보고 있제

—엄마 저 출근해야 돼요

방바닥에 이리저리 뒹구는 지로 청구서들 어지럽다

밤새 풀어져 있던 것들, 아침이면 다시 부팅되어 얽힌 하

루를 연다

그사이 위장병으로 쓰린 속이 재빨리 부팅된다

노총각의 아침이 아침을 거른 채

다시 이상한 춤 속으로 들어간다

제3부

하얀 기억

―"양말 한 짝은 또 어디로 갔어, 짝짝이야" 제 짝도 못 찾고 돌아다니는 빨래처럼 헝클어진 어머님 머릿속엔 밤낮도 없다

―한때 우울증이 오기 시작했다 다 포기하고 싶기도 했었다 그러나 자식이 아무리 잘 모신다고 하여도 어머니의 내리사랑에 1할이나 미칠 수 있을까 생각해 보았다 그래서 어머니만큼은 돌아가실 때까지 내 손으로 이렇게 함께하기로 다시 마음을 고쳐먹었다 어머니 때문에 다 포기하고 싶었는데 어머니 덕분에 다시 살게 됐다 이런 모순된 삶이 또 있을까

―사람의 마음 병은 사람이 치료제라, 혼자 있지 말고 사람들과 어우러져야 풀리는 기라

―내 아들이 왜 나 데리러 안 오지?
―누구요?
―영환이. 영환이가 어디 갔지?
―영환이가 누군데, 영환이가 누구예요?
―영환이 안 왔어?
―영환이가 누구냐고요?

—영환이가 나를 데리러 왜 안 와?

—영환이가 누군데 그래요?

—영환이가 내 아들이잖아

—어머니를 남의 집에 맡겨 놓고 찾아가지도 않고 미친놈
이네

—그 놈은 미쳐도 여러 번 미쳤지

—허허허 보통 미친 게 아니구만 어떤 놈이 그런 놈이 있어
자기 어머니를 데려다가 어디다가 맡겨 놓고 찾아가지도 않
고, 전화번호 알아요? 영환이, 전화번호를 알아야 물어보든지
말든지 하지 기가 막히네 내가 아무리 생각해 봐도

—큰일 났다, 큰일 났어, 나를 안 찾아가서

—경찰에 고발을 할까요?

—고발을 하면 안 되지

—왜 안 돼요?

—고발하지 마

—고영환이란 놈 고발해서 버릇을 좀 고쳐 놓아야 되겠네요

—나를 데리고 가겠지, 설마……

—허허허 경찰서 들어가서 콩밥 좀 먹어가야 해요. 고발해요?

—고발하지 말고 가만히 있어 봐

—왜요?

—자식을 고발하는 게 어디 있어

　—허허허 고발해야 해요, 그런 놈은 고발해서 버릇을 좀 고쳐 놓아야 해요

　—고발하지 않아도 저절로 다 되게 되어 있다

　—고발 안 해도 자기가 다 뉘우친다고요?

　—그럼

　—그때까지 기다리자고요? 알았어요, 가만히 있어요? 그래요 기다려 보자고요 오는가 안 오는가

　—허허허허허! 허허허허허! 아이고 더워

　어머니는 자식들이 버려두고 갔다고 생각하시는 것 같았다 해외 근무 중 휴가차 돌아온 아들이 그곳을 찾아가 보니 죽어도 집에서 죽게 해 달라고 집으로 제발 데려가 달라고 하시는 바람에 곧바로 직장을 사직하고 어머니를 집으로 모시고 왔다

　또 무슨 생각이 나셨을까 누워 계시다가 벌떡 일어나시더니 노랫가락을 읊조리신다

　—이 세상이 길고도 짧도다, 한번 가면 못 올 인생, 죽고

죽고 또 죽어도, 이승이 좋다고 하니, 살아 보세, 살아 보세

　—그게 어떤 내용인데요

　—사람이 살다가 보면 이런 세상도 있고 저런 세상도 있는 거죠, 안 그래요?

　—네

　—죽기를 바라는 데도 있고 살리려고 애쓰는 데도 있고 그렇잖아요 한 시간이라도 이 세상을 더 살려고 버둥거리고 있잖아요 죽으면 여기도 못 가고 저기도 못 가는 거예요. 영환이가 나를 안 데리고 갔어요

　—어허 차암

　다시 외로 누우시더니 다른 노랫가락을 읊조리신다

　—이내 말씀 들어 보소 세상이 하 수상하니 올 듯 말 듯 한 세월이라

　어머니의 노랫가락과 아들을 옆에 두고도 아들을 못 알아보시는 어머니의 하얀 기억에 아들은 또 울컥 먹먹해진 가슴을 적신다

>

노인의 기억은 구름을 따라간다

저 구름을 따라간 기억들은 흩어진 구름 노트에 하얗게 숨어 있다가 가끔 이 구름을 타고 실려 와 선명하거나 약간 탈색된 모습으로 나타나기도 한다 이 구름을 잡아타지 못한 기억들은 흩어진 구름 노트에 흩어져 저 구름으로 있을 뿐이다

기억은 세모나 네모나 사다리꼴 모양같이 각을 많이 가지고 살아가는 도형이다 그 도형이 시간 위를 구르다 보면 기억은 둥근 모형으로 바뀌면서 하얗게 사위어 간다

시간을 감아 오던 노인의 머리가 하얀 것처럼

저기, 구름 노트에 하얗게 흩어져 있는 기억들을 보라

지구는 둥글어서 기억들은 자꾸 미끄러져 간다

* KBS 1TV《인간극장》2020년 3월 3일 방영된 내용에서 발췌. 아들 이름은 익명으로 처리.

착각

사랑은 생각하는 게 아니라 느끼는 거예요

우리는 산소와 초를 필요로 합니다. 산소는 당신이 사랑하는 사람의 숨결에서 얻어집니다. 초는 그 성냥을 켤 수 있도록 도와주는 음악, 속삭임, 포옹 소리가 되겠죠. 사람들은 모두 살아가기 위해서 폭발을 일으킬 수 있는 것을 찾아야 합니다.

만약 격렬한 불길이 모든 걸 한꺼번에 타오르게 하면 눈부신 광채가 나와 잊혔던 어떤 터널이 눈에 보이게 됩니다.

격렬한 감정은 우리 속의 불을 단번에 밝혀서 그 빛으로 인하여 아름다운 터널을 볼 수 있을 것이니 우리가 오랫동안 잊고 있었던 길을 보여 줄 것이다. 영혼은 성스러운 근원으로의 복귀를 원할 것이다.[*]

사랑은 생각하는 게 아니라 느끼는 거라고

맛있는 요리의 비법은 거기에 사랑을 집어넣는 거라고 그는 말한다

성냥을 한 상자씩 갖고 태어난다는 사람들도

사랑하는 사람의 숨결도 음악도 속삭임도 포옹 소리도

성스러운 폭발도 아름다운 터널도 쉼 없는 갈등도 격렬

한 감정도
　근원으로 복귀할 영혼에 싸여

　한 점으로
　결국
　홀로 바람에 섞일까

　예각이 발달된 사람도
　착각이 심한 사람도
　그들은 예각으로 살아간다

＊ 멕시코 여성 작가 '라우라 에스키벨'의 소설(영화) 『달콤 쌉싸름한 쵸콜
  릿』에서 일부 인용.

잠시暫時

선운사 도솔천 변 큰 단풍나무 하나
뿌리를 덮고 있었을 저 지표면은
어떤 세파에 이리 다 쓸려 나갔을까

뿌리의 굳은살을 앙상하게 드러내고
발등이 까인 채 반들거리며 서 있다

날마다 그렇게
내려다본 도솔천은
바람과 물살에 늘 어지러웠다

물속의 나무들은 물구나무서서
물결에 씻기우며 털어내면서
수 세기
그러고 있다

잠시 눈을 감으니
내 안에도 많은 것들이 흔들리고 있다
어지럽다

\>

눈을 뜨나 감으나
도솔兜率 아닌 곳 있으랴

잠시暫時에 취한 것들이
무심히 간다

기둥

아버지는 내게 늘 기둥이 되라고 말씀하셨다

그러시더니 사오 년 전에 새로 지은 우리 집 기둥의 본가를 보여 주시겠다며 나를 데리고 뒷산으로 가셨다

햇살 별 구름 달 눈 비 바람 물 이산화탄소를 얼마나 먹다가 우리 집으로 연닿아 온 것일까 아버지가 가리키는 자리엔 베어 나간 적송의 희미한 흔적만 남아 있었다 그 주변을 쇠꼬챙이로 찔러 보시더니 삽으로 파헤치기 시작하셨다 뿌리 주변에서 아이의 머리통만 한 크기의 백복령*이라는 것이 나왔다 떠나간 자리의 공간을 채움의 시간으로 제 뿌리 곁에 저장해 가고 있었을 백복령, 집에 돌아온 아버지는 내게 한의학 서적을 펼쳐 보여 주셨다 거기에는 주로 심경을 다스리며 간 기능 회복, 강심제, 강장 보호, 강정제, 건망증, 건비위, 건위, 경련, 고혈압, 구토, 금창, 기미, 주근깨, 냉병, 당뇨병, 두통, 변비, 복통, 부인병, 불면증, 비만증, 소갈증, 심기불녕, 심장병, 심장판막증, 안태, 어혈, 우울증, 위내정수, 위산과다증, 위장염, 유정증, 주비, 중독, 진정, 췌장염, 피로곤비, 피부미백, 햇볕에 탄 데, 해열, 행열, 허약체질, 현훈증, 소아질환 경풍 등에 좋다고 나와 있었다

한참 동안 집 기둥을 어루만지시던 아버지는 그런 정도를 저세상에 내어 주고 와야 이승의 어느 한 집 기둥이 될 수 있

는 것일 거라고 내게 말씀하셨다

아직 서까래도 되지 못한 나의 민망이
오늘은 아버지 말씀 뒤로 숨고 있다

* 백복령白茯苓: 흰솔풍령이라고도 한다. 전국 각지의 소나무를 베어 낸
곳에 자라며 재배도 한다. 베어 낸 지 여러 해 지난 소나무 뿌리에 기
생하여 혹처럼 크게 자라는데, 맛은 달고 심심하며 성질이 평平하여
보補하는 작용이 있다.

완행이 급행으로 승진되어 가는 시간의 풍경

나는 완행열차를 탔다 가르쳐 주는 대로 가라고 하여 그렇게 천천히 가고 있었다 새롭고 신기한 길이었다 지겨운 듯 느껴졌던 시간을 얼마나 달려왔을까 그때부터 내가 타고 가는 완행열차는 스스로 급행으로 팻말을 바꾸어 달고 점점 속도를 올리며 가고 있었다 칸마다 자리마다 젊고 늙은 승객들로 가득 찼다 기차는 순간을 밀면서 항상 새로운 옆 풍경을 보여주는 길로 갔지만 내 자리는 끝까지 그곳이었다 얼마쯤이나 갔을까 달려온 길을 뒤돌아보니 나도 모르는 사이 열차는 그저 정해진 레일 위로만 가고 있었다 역마다 새로운 사람들이 타고 내렸다 내리는 사람들은 마중 나온 사람들의 손에 인도되어 어디론가 흔적 없이 사라져 갔다 그리고 나보다 젊은 것 같은 새로 탄 사람들이 빈자리에 가서 앉았다

몇 정거장이나 남았죠? 옆자리에 앉은 젊은 사람이 나에게 물었다 나는 바보처럼 머뭇거리다가 잘 모르겠다고 대답했다

사실 그 기차는 타는 것도 내리는 것도 내 의지와는 무관한 일이었으므로

사내들

춘천 스카이워크 바로 위
북한강과 소양강의 합수 지점에
우뚝 서 있는 소양강 처녀상

열여덟의 바람은 왼쪽으로 불고 있었나
날씬하고 키가 훌쩍한 처녀가 옷고름을 그쪽으로 날리며
왼손에 갈대 모가지를 꺾어 들고
얇실얇실한 치마폭을
오른손으로 살짝 추키고 서 있다

구경하는 사내들은
다 그녀의 오른손을 슬슬 더 치올리고 싶어 한다
그러다가
날리는 옷고름을 슬그머니 잡아당겨 보고 싶어 한다
그러더니
덜 자라 모자란 그리고가 그 아래까지 걸어 내려가
치마 속 안부를 쳐다보기도 한다

─사내들은 다 저래
한 노파가 입을 삐죽대며 웃는다

웃음이 개발되면 무엇이 되나

강북 강변도로 절벽 위 유일하게 버티고 있던 서민 아파트가 있었다 준공 이후 수년간 도색 한 번 하지 않았는지 벽면은 얼룩진 시멘트색이었다 그 사람은 아파트 아랫길로 매일 출퇴근을 했다

그 시절 올려놓은 그만의 블로그 유머 방에는

우울한 사건들로 가득 찬 세상에도 웃음은 있다 한 달여 장마 기간 동안 낮에는 간판의 'ㄱ' 자가 떨어져 나가 여성 전용 아파트로 저녁에는 '트' 자에 또 불이 들어오지 않아 거기 아픈 아파트로 한동안 웃음을 나눠 주던 아파트가 되어 유명해진 서민 아파트, 그 이름은 '복지아파트'

지금은 눈을 내리깔고 한강을 긁어 담고 있는 최고급 빌라로 변신

웃음은 오간 데 없고 그 자리에 화려한 금빛 침묵이 무겁게 누르고 있다

웃음을 나눠 주던 공간에
개발이라는 긴 안목을 개발하면
개:발?

격세지감

찐 감자 하나가 귀하고 귀했을 때는
그것을
서로 나누어 먹는 게 일이었다

찐 감자 여러 개가 식탁 위에 굴러다니다
툭하면 상해 있는 지금은
그것을
아무도 모르게 조용히 갖다 버리는 게 일이 되었다

도둑 태운 말씀

도둥년 나뿐ㄴ연
상추뽀바간연
처먹고디저라
한두번도아니고매년

'이곳에 쓰레기를 버리지 마시오
당신도 쓰레기가 됩니다'라고 써진 팻말 글 앞에 덧대 붙
인 꼽사리

철자법도 띄어쓰기도 무시된 채로
삐뚤빼뚤 또박또박 써 붙였지만
깊게 패인 화가 새겨져 있다

뽀바간연 뼛속까지 또렷이 넣은 글자

지나가는 사람들이 미소를 놓고 간다

정말 도둑년은
처먹고 디졌을까

\>

이 상추밭 근처가 타국인 사람들은
요즘
어떤 나라에 살고 있는 것일까

오늘 아침
약수터 운동기구 위에서
건강 제일주의를 외치고 있던
우리 동네 저 갑부 노인은
우리들이 보지 못한 사이
지금까지 이런 상추밭 앞을 어떻게 지나왔던 것일까

골짜기론

편을 가르고 판을 뒤흔들고
뒷담화를 하고 느닷없이 뒤통수를 치기도 하며
산 것들의 하루가 시작된다

숲이 환호하고
길이 자꾸 높은 곳으로 내닫는다

시냇물 소리 새소리 바람 소리 이름 모를 풀벌레의 울음소
리들이 한 산을 먹고 있다

숲이 뱉어 놓은 말들로
산은 소란스럽다

숲에 맨 처음 길을 낸 이는 누굴까
수줍디수줍은 골짜기에 개울물을 불러들인 이는 누굴까
산은 왜 제 속으로 가는 길을 허락했을까

무엇이 자라다 멈추면 바람이 되는 것일까

바람은 왜

골짜기로 개울물 소리를 흘려보내는가

새들이 목 축이러 와서 노래 부르고
찌찌찌, *끄끄끄* 온갖 벌레들이 따라 운다
골짜기가 문득 부산해질 때
바람 소리 개울물 소리 산새 소리
작은 벌레들의 울음소리가 골짜기를 꽉 메우면
비로소 산의 오케스트라가 시작되고
골짜기는 더 깊어진다

닫힌 문 속이 궁금하다

바람이 매섭다
미세먼지가 뿌옇다
날씨가 춥다

모자를 꾹 눌러쓴다
마스크도 쓴다
눈에 이상이 생겨 진한 선글라스를 쓰고 산다

부산했던 길들이 오솔길처럼 한산하다
그 길을 따라 생막걸리 단골 파전집으로 간다

닫힌 문을 흔들어 본다
문은 자물통과 함께 입을 꾹 다물고 있다

유리창 안을 넘겨다 본다
텅 빈 가게 안 물건들이
주인 잃은 표정으로 놓여 있다

닫힌 파전집은 멍하구나
중얼거리다 반대쪽을 본다

그쪽도 멍하다
몸이 오그라들게 춥다

눈이 내린다

빈곤의 표정학

한여름
혼자 사는 노인이 오 층 옥탑방에서 나와
몇 번을 쉬어 가며
계단 난간을 붙잡고 내려온다

그는 힘들게 내려온 계단을
다시 길게 올려다본다

그리고 힘든 표정을 벗어
주머니에 넣고

삼십여 분을 겨우겨우 걸어
무료 급식소 줄 끝에 서서 기다린다

하루 한 끼의 배급 식사가
감사의 목을 조여 온다

따가운 햇살이
쇳소리 나는 노인의 호흡을
더욱 거칠게 한다

\>

해진 신발을 끌며 돌아오는 길
끌린 신발이 만든 먼지가
기운 없이 일어났다 사라진다

꾸역꾸역 오긴 왔지만
저 오 층까지 올라갈 수 있을까
그는 아득히 층계를 올려다본다

바람 한 점 없다

비가 내리는 것은

어떤 두 사람에게
눈비가 내릴 때
어떤 한 사람의 거실에는
모서리까지 햇살이 길게 늘어진다면

서쪽 하늘에 퍼부어진 빗물들이
고랑을 긁으며 무섭게 흘러내릴 때
동쪽 하늘엔 햇살 눈부시고
풍악 소리 요란하다면

누군가 비가 내리는 것은
차마 눈물을 내보이지 못한 사람들의
숨겨진 마음이 내리는 것이라고
그들은 비만 오면 빗속으로 뛰어들어
비를 품고 운다고

눈물 가둔 표정이 아프다

하릴없이 시간에 밀리다 보면
문득 귀 없는 소리 보일 때 있다

>
얼마나 가야
그 소리
다 들을 수 있을까

비가 내리는 날이면
나도 모르게 하늘을 본다

도래샘물

버려진 것 아니야
폐수 된 것 아니야
썩은 것 아니야
탁한 것도 아니야
쫓겨난 것 아니야
넘친 것도 아니야
바다까지 못 간다고 단정하지 마

아니야

돌아 나가고 떨어지고 휘감기면서
여유 있게 노래 부르며 하늘 보고 갈 거야

버려졌다 말하지 마
폐수라 말하지 마
부패했다 말하지 마
탁하다 말하지 마
쫓겨났다 말하지 마
넘쳤다고 말하지 마

\>

그럼 우리

바다에서 만날까

제4부

어떤 꽃

어찌
저 홀로
저리 곱게 피었을까

뉘라서
저 꽃
싫다 할 수 있을까

멀리서
바라보니
신의 영역 같거늘

우러르고
섬기다
탄성 절로 나왔다

감히
다가가
바라볼 수 없는 것은

>
님의
무정에
상처 될까 싶어서다

짝사랑
홀로
속만 태우다가

님이
부르시기에
맨발로 달려갔다

가까이
다가가
자세히 보니

갉아 먹힌
꽃잎 상흔
목전에 도드라져

\>
가려진
눈물 얼룩
지워 주려다

속마음
나누니
가슴이 멘다

방창房窓 성에꽃

어떤 짝사랑 하나가

한겨울 밤
달콤한 너울 바람 앞세우고 떠난다

찢어져 터질 듯 에는 기다림이
두리번은 두고 거리다만 몰래 기어 들어가
차가운 방 안쪽 창에 기대어 숨는다

윗목에 내버려진 고요마저 잠들 즈음
쥐어 누른 설렘 묶어 둔 채
미운 날숨 후무린다

후무린 숨 가져다가
덧없힌 시림 엇기대어
포개고 또 포갠다

하얀 밤

미동 없는 야속함

차마
차마 흔들어 깨우지 못하고
타는 속울음만
하얗게
하얗게 엉겨들어
꽃이 되었다

마음이 피어나면 꽃이 되는가

메이커 속옷 봉지에 담아
손수 구워 왔다는 호박고구마 다섯 개
집에 돌아와 그 봉지를 열어 본다

군고구마 껍질을 벗기다 보니
껍질 밖으로 밀려 나온 노란 점액 같은 것이
손가락 끝에 달라붙어 끈적거린다

껍질 벗은 달달한 마음 하나가
텅 빈 입속으로 들어가
노랑 꽃으로 이쁘게 피어난다

그 꽃을 들고
눈을 지그시 감은 채
캄캄한 밤을 달려간다

허락받지 않은
어떤 가슴 위에
몰래 놓아 두고 왔다

\>

방 안이 문득 향그럽다

금세 아이가 된다

사랑, 늘 비어 있는 것일까

강릉 커피 거리를 가까운 듯 들렀다가
먼 길로 돌아온 밤,
밤이 늦다

홀로 탁자 위에 블랙커피 한 잔을 놓고
그 속에
안목해변과 그 쨍한 거리와 한 사람을 놓습니다
파도 소리 갈매기 소리 사람 소리,
먼 불빛들, 여유로운 걸음들
모두 반짝거리게 둡니다 그러나

탁자 주변과 커피 잔 속은 어둡습니다
어둠에 눈을 두고 남겨 온 커피 빵과 연탄 빵을
먹습니다
해변에 두고 온 마음에게
돌아온 마음이 달려가다 주춤 섭니다
뒤에서 회오리치며 달려오던 바람이 등을 칩니다
꽉 찬 공간이 문득 텅 빕니다
빼앗긴 잠의 밤입니다
휩싸인 적막의 밤입니다

없는 아무것의 밤입니다
밤의 손톱이 길어지고 있습니다
사실 나의 가난에는 아무것이 없었습니다

날건달과 그리움

바람에게 풍경은
설렘일까 밝음일까 기쁨일까 지아비일까 노래일까 춤일까
그저 날건달 같은 걸까

풍경에게 바람은
두려움일까 어두움일까 슬픔일까 지어미일까 눈물일까 노
동일까 그래도 순진한 기다림일까

그들은 어떤 끈으로 묶여 있는 것일까

직선으로 찾아온 바람이 날건달이었다면
곡선은 순진한 기다림일까

너는 나에게
나는 너에게
그것들은 우리에게
이 바람 속 어떤 풍경으로 맞물려 있을까

하늘엔 구름 흘러가고
땅 위에는 바람이 살랑이고
집 안은 조용하고

정월 초닷새의 요염이

시간은 자정으로 가고 있다
허기 같은 사랑이 드러누운 시간이다

하늘의 쪽배인 양 흘러가던 달의
발그스레한 낯빛이 산기슭에 걸렸다

문득 산이 짙은 어둠에 갇혀 있다

산이 요염하다
누가 가둔 것일까 저 캄캄한 것을

한마디 말도 못한 채 그를 보내고
밤새도록 잠들지 못하던 날처럼

산은 아무것도 보이지 않는다
앞도 뒤도 없다

화담과 명월

선생과 제자의 밤

꼿꼿한 등짝만 깊은 적막 속에 앉아 있다
책장 넘기는 소리가 밤의 갈피를 넘긴다
한 숨소리와 한 숨소리가 멀다

뒤척이던 거짓 잠이
삼경의 깊은 고요를 잠꼬대처럼 잡아당기자
호롱불이 꺼진다

고르지 못한 숨소리가
바닥을 슬며시 문질러 본다

잠들 수 없는 밤
잠꼬대 같은 것이 팔다리를 하나씩 걸친다
되돌려진 잠꼬대 위로 이불이 가지런히 다시 덮인다

한밤의 거리가 너무 짧았다
그 시간을 개키니 새벽과 아침이 맞닿는다

>

긴 치맛자락이 안개를 밀치며 새벽 산길을 부산스럽게 내
려간다
초막을 묶으려 했던 발그스레함이 길바닥을 보며 걸어간다
쓰개치마를 눈까지 내리고서 간다

아무것도 아닌 것이 아무것도 아닌 채 허공에 떠 있다

선생의 아침이 아침의 선생이다

방 안 가득한 한 생각이 방문을 열고 나와
빈 마음으로 빈 마당을 배회한다
이를 무엇이라 할 것인가
구김 간 옷의 말 없음도 이유 없이 안개에 젖고 있다

접시저울 오른쪽 접시에 그 밤의 분동을 올렸다
기울어진 저울 왼쪽 접시에 어떤 이의 생각 분동을 올려놓자
오른쪽 분동이 포물선을 그리며 포처럼 날아가 떨어졌다

그날

절개의 아침은 짙은 안개로 피어오르고

마을 사람들은 늦잠을 잤을 것이다

시간의 간격이 어두워지다

그리움이라는 감정선
그 중심을
밀려온 파도가 문질러 버린다
별을 튕겨 놓고 사라진 바람
환영 하나가 자욱한 안개 속에 엎질러진다
아무것도 아닌 아무것이 휙 지나간다
바람이 바람을 파도가 파도를 번식한다
고요가 멀미를 한다
틈을 파고 들어간 시선이 허공을 만지작거린다
멀리 혹은 가까이 있는 간격이 어두워진다
파도가 사나워지고 있다

어떤 따듯한 말

어느 겨울
바람 매서운 날

임은
별리別離에게
이별離別이 아니라며
따듯한 말 남겨 놓고
갔습니다

나는 그 말을
아랫목에 묻어 두었습니다

그러나

그 뒷말 도착하지 않아
말은 윗목으로 슬슬 기어가고 있습니다
거기서 망부석 된 그 따듯한 말

이제 와 열어 보니

그저

기약 없는 이별이었습니다

향기

처음으로
아내가 장기 입원을 한 날

처음으로
세탁기를 돌렸다

처음으로
빨래를 건조대에 널었다

빨래 통에서 꺼낸 것이라곤 내 옷가지와 아내의 속옷뿐
띄엄띄엄 널린 두 사람의 빨래 사이에
떠나간 아이들이 있다

처음으로
집에서 다 마른 빨래를 갰다
내 옷과 아내 옷 사이의 거리가 멀다
너덜거리는 레이스 실밥 터져 구멍 난 끝단
쨍한 햇볕에 바짝 말렸으나 흐물흐물하다
닳고 닳은 라벨을 보니 재래시장 점포 앞 매대 물건이 틀
림없어 보인다

왼쪽 가슴 안쪽에서 주먹만 한 것이 덜커덩거렸다

그것들 처음으로
서랍장 안에 차곡차곡 넣는데
왜 내 안에 차곡차곡 쌓이는지 모르겠다

곁에 없는 아내의 향기가
온몸에 스며들고 있었다

극점

어떤 마음에 바람이 일어난다
잔잔한 면에 생각이란 결이 생긴다
결 위로 가시 하나가 뚫고 나온다
보기 싫은 그림이 가시에 걸려 올라온다
나는 반대편 극으로 걸어간다
숨어 있던 형상들이 하나둘 따라나선다
우리는 함께 정상에 도착한다

새장을 비집고 날아간 새의 날갯짓에
긁힌 허공
어지럼증이 허공을 돌린다
검푸른 하늘이 눈을 찌른다
찔린 곳을 비틀어 꼰다
생각들이 자꾸 건너뛴다
그도 반대편으로 걸어간다
찔린 자리가 퉁퉁 부어오른다
그때
그가 내 반대편에 도착한다

그는 낡은 버너에 찬바람을 넣고 끓이기 시작한다

부글부글 끓던 바람이 극점에서 얼어붙는다

그도 나도 언 채로 거꾸로 서 있다

발바닥을 마주한 채
서로 다른
북극점과 남극점에서

태풍

그를 거기 두고 온 날은
싹쓸바람이 큰비를 몰고 와
며칠째 질퍽거리고 있었다

비바람에 뜯겨 날리던 것들이 아주 뭉그러졌다
세찬 빗발은 불규칙한 곡선을 그리며 흩어지고
저수지 둑이 붕괴되어 아랫마을은 물바다가 되었다

바람이 더 큰 바람에 찢겨 나가고
고샅은 울고
돌담은 무너지고
문짝은 뜯겨 나가고
유리문은 깨져 산산조각이 나고
강둑은 무너져 범람을 하고
나뭇가지들이 사방으로 흔들거리고
나뭇잎들은 정신 줄을 놓아 버리고
뒷산은 산사태로 앞집을 덮쳤다

그래도 밤은 오고
속울음들이 이불을 뒤집어쓴다

갈기갈기 찢긴 시간들이
어둠 속에서 너덜거린다

바람과 파도와 비

작은 바람끼리 밀고 밀린다
그러다 점점 큰 바람이 되어 간다
바람에 밀려온 바다는 일어나고
또 밀리고 밀리다 끝내 휘말린다
섞이고 뒤섞이다 뒹군다

치올라 어두워진다
바람이 커진 것일까 파도가 커진 것일까
분간되지 않을 때
파도의 정수리를 바람이 휘갈긴다
파도는 갈기갈기 찢겨 날린다
안개처럼 떠돈다 사라진다
끝 간 데 없이 밀리는 파도
절벽에 부딪쳐 물기둥으로 솟구친다
흩어진다

거센 비바람이 더 커진다
정신없이 흔들리던 벼랑 끝 꽃 이파리 하나가
바닥에 떨어져 젖고 있다
누운 채 떨고 있다

더 큰 바람이 와 그를 데려간다

지친 바람과 파도와 비는 갔다
초라하게 젖은 잎
초점이 없다
초췌하다

무거운 바위를 붙잡고 머뭇거리던 빗물 한 방울이
있던 자리에서
점 서너 개를 찍으며 떨어진다

다 그래

덮여 있는 것들은
궁금증을 불러온다

잔바람이
빛의 윤슬을 수면 위에 만든다

어른거리는 것들을
시간이 문지른다

문지르고 문지르면
타는 냄새가 난다

탄 냄새에 섞여
혼돈이 시간을 끌고 간다
연기 같은 것이 자욱해진다

외로 틀린 것들이 난간 위에 서 있다

커피포트에서
지글지글 끓는 물

끓는 것이 멈추면
거품들이 스러질까

너에게로 가는 길

가시 많은 꽃가지를 한 무더기 잘라 온다
구부려 보기도 하고 비틀어 보기도 하고
돌려 보기도 하고 거꾸로 보기도 하고
이파리를 떼어 내 보기도 하고 다른 잎을 넣어 보기도 하고
눈높이로 올려놓아 보기도 하고 내려놓아 보기도 하고

장미 가시에 찔린 집게손가락에서 피가 흐른다
꽃의 표정이 빨갛게 떨어져 내린다

뱃속이 더부룩하다
나는 키 큰 나무 끝으로 기어 올라가
한참 하늘을 올려다보다 내려온다

그 꽃을 태운다
잘린 꽃과 꽃대가 조금씩 비틀린다
불에 던져진 꽃들이 다시 불꽃으로 핀다
활활 핀다 이글이글 핀다
꽃대가 흘린 눈물이 짙누런 연기를 만들며
멀리 날아오른다
서로 안고 안기며 등짝 토닥거리다 흩어진다

저 연기는 연기煙氣일까 연기緣起일까

손에서 떠난 꽃이 죽어 식는다
엄지와 검지 사이에 그를 집어 비벼 본다
이것은 꽃인가 재인가
꽃인가 하면 재라 하고
재인가 하면 꽃이라 하고

빈집

한 고독이 와서
한 고독에게 말을 건다

말라빠진 말이
홀로 떠돌다 떨어진다

곰팡이 슨 침묵이
주린 눈으로 쳐다본다

거기
바람 한 점 없는 고요가 산다
수십 년 뒤꼍을 서성거리는
어둠이 산다

시간과 존재에 대해 곰곰 들여다보기

이경림(시인)

　벌써 십여 년 전쯤 되었을 것으로 짐작된다. 몇몇 시인들
과 함께 태안 어느 한적한 호숫가에 있는 문재규 시인의 댁에
들른 적이 있다. 잘 가꾸어진 정원이 호수를 내려다보고 있
는 집은 동네에서는 외따로 떨어져 있는 어느 예술가의 주말
하우스 같은 집이었다. 주변에 한두 채의 집이 있었지만 한
적한 곳에 은둔해서 작업에 몰두하기 좋은 예술가의 집다웠
다. 그곳에서 시인은 주중에는 홀로 채마밭을 돌보고 정원의
나무를 손질하고 시를 쓴다고 했다. 도시에서 평생 떠나 보지
못한 채 생을 소모하고 있는 사람들에게는 꿈속의 집 같은 풍
경이었다. 그 밤 우리는 별이 잡힐 듯 가까운 정원에 앉아 밤
의 산이 얼마나 깜깜한지 깜깜한 호수는 또 얼마나 적막한지
보았다. 산이 검푸른 하늘과 배를 맞대고 수군거리는 소리가

들렸다. 찌르레기 울음소리, 날것들이 각기 제 울음으로 울
며 어둠에 몸 비비는 소리 들렸다. 아악! 악악 이따금 무슨 새
인지 비명처럼 울었다. 울음은 얼마나 아름다운 음악인가 밤
은 제 울음을 꺼내 놓기에 얼마나 적합한 시간인가 중얼거리
며 그 자자한 것들에 귀를 대고 있었다. 문득 노래가 울음의
자식이라는 생각이 들었다. 일생 틀에 박힌 시간 속에서 아예
틀이 되어 가는 자신들의 삶을 돌아볼 수 있었다. 그리고 용
기 있게 자연으로 돌아온 시인의 삶이 부러웠다. 그 밤 천창
이 있는 2층 방에 누워서 밤하늘의 쏟아질 듯한 별들을 보던
기억은 오래오래 잊히지 않았다. 그리고 다시 십여 년이 훌
쩍 지나는 동안 시인은 일 년에 한두 번 정도 소식을 전해 왔
고 몇 년 전에는 경기도로 이사했다는 소식을 들었다. 처음에
는 그 좋은 곳에서 왜? 하는 의문이 일다가 일생 도시에 적응
된 현대인이 어느 날 외딴곳에 홀로 떨어져 살아가는 일이 쉽
지 않았으리라는 생각이 들었다. 이따금 태안에서의 그 꿈같
은 하루가 떠오르고 그 시간 속에 함께 어른거리던 존재들이
떠올랐었다. 시끌벅적하던 그때의 사람 소리며 밤새 울던 풀
벌레 소리, 그 속에 어둠과 함께 서 있던 나무, 풀, 호수, 거
대한 고래처럼 헤엄쳐 가던 산들과 띄엄띄엄 박혀 있던 불빛
이 생각났다. 지금은 없는 것들. 그것들은 아직도 거기 있을
것들, 그러나 그때의 그것들이 아닌 지금이 산처럼 하늘처럼
깜깜한 집처럼 거기 있을 것이다. 모든 것은 순간순간 태어
나고 순간순간 사라진다. 마치 예전인 것처럼 시침 뚝 떼고,
그리고 십 년 후에 찾아간 어떤 이는 '여긴 그대로네' 하고 말

할지도 모른다. 그러나 예전이란 어디 있는가? 예전이 현재였을 때 잠깐 떠 있던 모든 존재들은 그때와 함께 사라진 것이다. 그것이 시간이니까.

　모든 존재는 아니 그 존재들 중 하나인 우리는 그저 이곳을 잠깐 지나가는 그 헤아릴 수 없이 많은 시간 중 하나일 뿐이다. 『존재와 시간』을 집필한 하이데거는 '우리가 이해하는 다양한 존재 방식들은 모두 인간의 사유에 의해 형성되는 시간적 지평에 의해 이해된 것이다'라고 말한다. 쉽게 말하면 존재들의 근거가 시간이라는 것이다. 시간이 존재의 뿌리이고 바탕이며 존재 그 자체라는 것이다.

　문재규 시인의 이번 시집 『달을 물어 나르는 새』의 바탕을 이루는 사유는 매우 하이데거적이라 할 수 있다. 그는 자신이 보고 있는 사물이나 현상 즉 시간들의 이동을 가능한 한 자신의 생각을 덧칠하지 않고 있는 그대로 보여 주려 애쓴다. 그러므로 그의 시는 관념적이지 않다. 리얼리티에 바탕을 두고 있는 그의 시가 선명한 이미지를 보여 주고 있는 것도 그 때문이다. 다음 시에는 그런 그의 시작 태도가 잘 나타나 있다.

　　찌들 대로 찌들었다
　　구를 대로 굴렀다
　　죽어 제 몸뚱이 하나 눕힐 집 한 채 갖지 못한 것들이

　　구천을 떠돌다

끝내 떨어져 내린 곳이 호수다

떼거리로 다 떨어지고야 말겠다는 것일까
비 내리는 호수가 요란하다

한 생 눈곱만 한 물방울 집 한 채 마련한 것들이
하나둘 물안개 되어
비 갠 수면 위로 날아간다

그들의 날갯짓은 무중력이다
우화등선이다

　　　　　　　　　　　　　—「호수에 떨어져 내리는 빗방울」 전문

　비 갠 수면 위, 작은 물방울들이 시시각각 몸을 바꾸며 찰나적인 시간을 지나가는 과정을 그리고 있는 이 시 속에는 시인의 어떤 판단도 아포리즘도 없다. 시인은 다만 그 미세한 존재들의 삶을 유심히 관찰하고 카메라로 찍듯 그려 낼 뿐이지만 이 시를 읽는 독자는 물방울 같은 순환의 길을 가고 있는 모든 존재들의 생을 떠올리고 고개를 끄덕이게 될 것이다. 한 편 더 보자.

사람들 오고 간다
한 사람 오고 한 사람 가고
또 한 사람 오고 또 한 사람 간다

다른 한 사람 오고 다른 한 사람 가고
또 다른 한 사람 오고 또 다른 한 사람 가고

한적한 하늘에서
햇살 한 줌 오고 햇살 한 줌 가고
바람 한 줄기 오고 바람 한 줄기 가고
한 구름 오고 한 구름 가고
달빛 하나 오고 달빛 하나 가고
별 하나 오고 별 하나 가고

쉼 없는 물결이 춤추다 가고
쉼 없는 파도가 왔다가 가고
새 한 마리 날아왔다 날아서 가고

담장 위 길고양이 살금 왔다 살금 가고
거짓말처럼 꽃 피고 꽃 지고
한 계절이 오고 한 계절이 가고

미국 이민살이를 힘들게 정리하고 한 친구가 돌아왔다
그리고 일 년쯤 지났을까 오늘은 고국에서 잘 살아 보겠
다던
그 친구의 장례식장에 간다

밤,

검은 하늘에서 검은 비가 내린다

—「오고 가고」 전문

가고 오는 행위는 존재들의 삶의 근원이다. 탄생은 오는
행위의 시작이고 죽음은 그 끝이다. 이 두 낱말 사이에 모든
존재들의 희로애락이 있고 생로병사가 있다. 시간의 편차가
큰 이 시는 삶의 근원을 이루고 있는 대표적인 이미지들을 쓴
것이어서 어쩌면 상투적이고 인생론적으로 읽힐 수도 있지만
그 관념성을 3, 4연의 구체적인 예가 상쇄시켜 주고 있어 삶
을 다 겪어 온 한 노인의 나지막한 노래처럼 처연하고 자연
스럽게 읽힌다. 젊은 시인들의 시가 들끓는 삶의 현장을 보
여 주고 있다면 삶의 관록이 있는 시인들의 시에서는 기쁨이
나 슬픔 따위의 시간들을 온몸으로 지나온 이만이 쓸 수 있다
는 처연한 깨달음의 세계를 볼 수 있는 것이 다른 점이라 할
수 있다. 그 끝에서 그들은 그들이 통과해 온 세계에 대고 다
음과 같이 묻는다.

시월 어느 날
그는
편백나무 숲길을 걸어 산 너머로 갔습니다

그것은 무엇입니까

한 사람은 돌아와 있고

빈자리에
편백 향기 어질러져 있습니다

이것은 또 무엇입니까

답이 없는 물음 뒤

가을 잔바람 불고
편백나무 마른 껍질이

소리 없이
떨어져 내립니다

그것은 무엇입니까

—「무엇입니까」 전문

　그의 말대로 생이라는 놀이에 빠지면 위험을 모르는 것이
인간의 어리석음이다. 정점을 향해 치솟는 욕망은 추락의 내
일을 잊어버린다. 그러나 비상의 끝에는 언제나 추락이 기다
리는 것. 추락한 뒤에야 우리는 방금 있던 그곳이 위험의 한
가운데였다는 것을 알게 된다. 그러나 그 뒤에 우리는 올라
갈 때 보지 못했던 작고 소중한 것들을 볼 수 있다. 그러니
까 추락은 끝이 아니었다. 추락 뒤에 우리는 비상할 때는 보
지 못했던 많은 것을 본다. 추락이 주는 선물이다 추락하지

않았다면 어떻게 키 작은 풀꽃들이 서로 비스듬히 기대 하늘을 보고 있는 아름다운 풍경을 볼 수나 있었겠는가? 시인의 말대로 말들을 휘발시키는 그 아름다움들을 볼 수나 있었겠는가? 그는 아름다운 것들은 대체로 낮고 작은 것 속에 있다고 말한다. 다소 철학적인 메시지를 담고 있는 다음 시에서는 불교적 사유의 원천인 공에 대한 그의 생각들을 보여 주고 있어 흥미롭다.

> 말라깽이 그 노인은 화려한 짐 다 버리고 산중으로 들어
> 왔다
> 빈손 곁에서 바람에 떠밀리며 풍경이 춤을 춘다
> 풍경 소리가 맑다
> 지붕의 눈이 녹아 홈통을 두드리며 봄을 연주하고 있다
> 두 마리 새가 번갈아 재잘거린다
> 욕심 없는 노래는 잡소리가 없다
> 맑아진 귀에는 맑음이 들어온다
> 시월이라는 강아지 이름 같은
> 추녀 끝 풍경 소리
>
> 풍경은 어디에 중심을 두었는가
> 마당 귀퉁이에서 축구공 하나가
> 바람에 몸을 흔들고 있다
>
> 공 속에 공이 있다가

공 속에 공이 없다가 한다

공을 굴리며 공과 노는 강아지
그의 집에 공이 들어가니
집이 꽉 찬다

공과 함께 집으로 들어가는 개의 발꿈치가 가볍다
집에서 나오는 개의 발부리가 보이지 않았다

아침잠에서 도망 나온 것들에게 노인이 빈손을 펼쳐 보인다
그 위로 새소리 물소리 바람 소리 풍경 소리가 지나간다
　　　　　　—「없음은 있고 있음은 없을 것이었다」 전문

　　놀이 도구인 공과 우주의 원천인 공空의 우리말 발음이 같
은 점에서 모티브를 얻은 이 시는 언뜻 보면 1연과 2연이 따
로 노는 것 같지만 잘 들여다보면 공에 대한 그의 철학을 잘
보여 주고 있다. 말라깽이 노인이 화려한 것 다 버리고 절로
들어온 것 자체가 공의 시작이다. 빈손과 텅 비어 맑은 소리
를 내는 풍경과 빈 것으로 몸을 이루는 홈통은 다 비어 있어
제 역할을 하는 것들이다. 공이 몸을 얻어 일상 속에 뛰어든
것들이라 할까? 축구공이 바람에 이리저리 흔들리는 것을 보
고 그는 공 속에 공이 있다가 없다가 한다고 말한다. 재미있
는 발상이다. 공 속에는 아무것도 없는 것이 아니라 空이 있
다는 것이다 空은 보이지 않는 것이고 보이지 않는 것을 우리

는 없는 것이라 생각한다. 그러나 없는 것은 정말 없는 것인가 사실 공은 없는 것으로 꽉 차 있는 것이라 할 수 있을 것이다. 그때 공은 에너지의 집합체이다. 그래서 공은 공을 굴릴 수 있고 풍경을 울릴 수 있고 홈통 속의 비를 제 길로 흐르게 할 수도 있다. 공은 힘이 있다. 보이지 않는 것도 존재라는 것이다. 우리는 사실 보이지 않는 존재의 힘으로 살아가는 것인지도 모른다. 그런데 그 보이지 않는 것으로 가득 찬 공을 굴리며 노는 강아지는 얼마나 신비로운 존재인가……. 그렇게 생각하면 애초 공 속의 공을 발견하고 공이라 이름한 그 누구의 눈길은 얼마나 비범한가. 각설하고 '개집에 공이 들어가니 집이 꽉 찬다'는 표현 또한 매우 철학적이다. 해서 空으로 꽉 차 있는 집 아니 공에서 나온 개의 발부리가 보이지 않는 것은 당연한 일.

위 시들에서 그가 공에 대한 자신의 생각들을 디테일하게 보여 주었다면 다음 시에는 그가 공이라 생각하는 이 녘에서 펼쳐지는 이런저런 사건 혹은 현상들과 그것들이 안고 있는 생래적生來的 부조리를 리얼하게 보여 주고 있어 흥미롭다.

　　필요 없는 가지들을 자른다
　　나의 기준이 절단해 버리는 그는
　　저항 한 번 하지 못한 채 잘려 나갔다

　　어제는 그를 그냥 두기로 했다가

오늘은 그를 잘라 버리기로 했다가
요 며칠 시퍼런 칼이 왔다 갔다 했다

전정이 시작되었다
나무의 표정이 둘로 나뉜다

산소가 잘려 나가고 이산화탄소가 잘려 나가고
눈비가 잘려 나가고 바람이 잘려 나가고
볕이 잘려 나가고 빛이 잘려 나가고
수분이 잘려 나가고 그림자가 잘려 나간다

그가 잘려 나가고
내가 잘려 나간다

보이지 않은 것이 잘려 나간다
잘못 걸린 가지가 얼떨결에

잘려 나간다 떨어져 내린다
널브러진다 오그라든다

잘린 자리에 진물이 길게 흐른다
며칠 그렇게 진물 흘리더니 그 속에서
서서히 크론병이 생겼다

뜨락에

초겨울 찬비가 내리고 있다

―「폴라딩」 전문

　폴라딩이라 부르는 전지 과정을 통해 IMF로 구조조정당한
노동자들을 연상케 해 주는 이 시에서 그는 어떤 존재가 희생
됨으로써 자신의 건강을 지키며 더 잘 성장하게 되는 존재들
의 근원적 아이러니에 대해 얘기하고 있다. 주체主體를 튼튼
히 하려면 잔가지들은 잘라 내야 하는 시간이 필요하다. 그
러나 나무 자신의 입장에서 보면 그 자리에 진물 흐르는 아
픈 시간을 견뎌 내야 하는 것인데 때론 그 시간을 온전히 견
뎌 내지 못해 병(이 시에 나타난 크론병)을 앓기도 하는 것이 존재
의 아이러니. 상실의 병을 앓는 나무 위로 내리는 초겨울
찬비는 또 무엇인가!

　존재는 그 자체로 아픔이고 슬픔이다. 그러나 그 존재들
의 근원은 환희이고 환이고 공인 것. 있는 것도 없는 것도 아
닌 空 속에 우리는 잠시 어른거리고 있는 것. 밑도 끝도 없
는 空 속에서 공놀이하듯 이리저리 몰리며 데구르르 구르며
어느 후미진 구석에 처박히기도 하고 그 구멍 속에서 간신히
꺼내어져 다시 통통 튀며 空의 속을 휙휙 날아다니다가 끝내
서서히 바람 빠지는 시간을 건너게 되는 것이 생이니까. 사
실 놀이에 쓰이는 공은 껍질이 있지만 空은 껍질이 없다. 그
러나 그 공의 껍질도 언젠가는 空이 되리라. 그것이 空의 속

성이고 진리니까.

'이 세계의 내부에는 또 하나의 다른 세계가 있다. 그 세계의 냄새들이 우리를 유혹한다. 향기는 보이지 않는 것들의 유혹이다'라고 파스칼 키냐르는 말한다. 시의 향기를 따라가는 시인들이여 향기의 속에는 무엇이 있는지 궁금한 시인들이여, 부디 따라가 발견하라 그것이 무엇이든, 그리고 써라. 이 커다란 공의 속을 몰래 들여다보는 보이지 않는 눈처럼. 시 작업은 보이는 것들을 통해 보이지 않는 세계의 내부를 들여다보는 일이라고 하이데거는 말하지 않았는가. 다음 시를 보자.

사과 속에

사과 밖에

사과에서는 볼 수 없는 빛의 파장이 교신되고 있다

수도 없는 사과들이

순간순간 다른 사과를 만든다

천천히

숨 가쁘게

밝게

어둡게

사과를 빻아서 사과를 빚는다

모든 감각, 사과 그림자가 길게 늘어난다

풋사과의 피부는 연록의 날것이다

치켜세운 더듬이에 추억이 걸려든다

어제의 사과와 내일의 사과가 우연히 만났다
낮을 가리고 어제가 우쭐거린다

그때 사과는 사과인가 아닌가
새가 쪼아 먹고 간 사과
씨는 어디에 있는가

사과는 공空인가
공空은 사과인가 시時인가
사과와 시공時空이 어우러진다

한 세계는 열리고
한 세계는 닫힌다

                        —「사과」 전문

위의 시에는 사과씨 한 알이 사과가 되는 과정에서 관여된 우주의 모든 현상이 있다. 어느 날의 유난했던 빛들의 교신이 파장이 되어 사과의 핵이 되고 사과의 색이 되고 사과의 감각이 되고 사과의 그림자가 되는 것이라니! 온 우주와 기와 시간의 힘으로 탄생한 사과도 결국 공에 불과하다니! 아니 시간일 뿐이라니! 그렇다면 사과라는 시공이 생겨나기까지의 유난한 그 과정은 다 무엇인가? 그리고 끊임없이 열리고 닫히는 이 시간들은 다 무엇이며 이곳은 대체 어디란 말인가?

공에 관한 그의 시를 따라가다 만나는 질문들은 근원적이지만 진부하지 않고 재미있는 것이 특징이었다. 이런 스스로의 질문과 대답 속에서 성장하고 깊어지는 시인의 다음 시집을 기대해 본다.

천년의시인선